aM-Sphere

Reise zur Erde

Tag Heute, 30. März 2170, Erdzeit. Die Erde, ein Planet den ich bis jetzt noch nie gesehen habe. Ich bin wurde auf xj-262 geboren. Heute wird der Planet "Gobeithio" (Walisisch für Hoffnung) genannt. Wieso Walisisch? Weil Alexander Rees, ein Astronom aus Wales, die Galaxie entdeckt hat, in welcher der Planet gefunden wurde. Zuerst entdeckte er einen Planeten der Erdsonne ähnlich und nannte ihn ganz einfach "Solaris". Als es möglich wurde, zur Galaxie zu fliegen, wagte eine aus Astronauten und Wissenschaftlern bestehende Gruppe, die Reise. Ihre Mission war es, jene Galaxie zu erforschen. Dabei stiessen sie auch auf Gobeithio. Die Gruppe entschied sich dort zu landen, wegen seiner Grösse (die meisten anderen Planeten der Galaxie sind um einiges kleiner). Schnell fanden sie moosartige Vegetation, und begannen Bohrungen zu machen. Sie fanden was sie sich erhofft hatten: Wasser!

Seite eins

Ein paar Jahre später, machten es neue Technologien für die ersten Leute möglich, nach Gobeithio zu ziehen und dort zu leben. Bald begann ein richtiger Exodus von der Erde. Während mehr als zwei Jahrzehnten, sind Leute hierhergezogen.

Trotzdem zählen wir die Zeit nach dem Erd-Kalender. Ich denke, dies kommt daher, dass ungefähr zwei Drittel der Menschheit immer noch dort lebt…

Seite zwei

31. März

Morgen ist endlich der Tag gekommen, an dem ich über "Die Brücke"* zum Heimplaneten meiner Eltern, der Erde, fliegen werde.

Dort werde ich in Genf, Schweiz, das "CERN" besuchen gehen, wo die Grundlage zur "aM-Sphere"**, welche mich transportieren wird, entdeckt wurde. Yves Stettler hatte den Teil des Moleküls gefunden, welches vom irdischen Magnetfeld angezogen wird. (Bald werde ich sogar barfuss gehen können, wenn ich möchte; denn auf Gobeithio müssen wir diese schweren Schuhe tragen, ausser in unseren Häusern, welche unter Überdruck stehen).

Seite drei

Zurück zu Yves. Er mag wohl den magnetisierten Teil eines Moleküls gefunden haben, aber es brauchte noch acht Jahre, bis man in der Lage war, jenen Teil zu drehen (so, dass das Molekül das Magnetfeld ohne Zwischenfälle abstossen, statt anziehen würde). Weitere 23 Jahre später, fand Kei Yoshikori, ein japanischer Luftfahrtwissenschaftler, einen Weg, wie man sich dies zu nutzen machen konnte. Nachdem er genügend finanzielle Mittel zusammen hatte, konstruierte er mit Hilfe von Freunden, den ersten Prototypen der aM-Sphere (aM steht für "anti-Magnet"). Mein Vater war einer davon. Sie hatten sich am WWF (World Web Forum) in Zürich kennen gelernt. Schnell wurden sie Freunde, und blieben in Kontakt. Als Kei meinen Vater fragte, war dieser so begeistert vom Projekt, dass er seinen Job als Forschungs-wissenschaftler beim CERN verliess, und nach "Silicon-Valley" zog, wo Kei sesshaft war, und wo er ausserdem meine Mutter kennen gelernt hatte…

*"Die Brücke" besteht aus "Impuls-Ringen" (welche essentiell sind im All, denn sie geben den nötigen Impuls, den man braucht, um anhand der aM-Spheren durchs All zu reisen) die eine Art Brücke zwischen Gobeithio und der Erde bilden

**"aM-Sphere": Fahrzeug, welches auf Basis des "anti-Magnet-Systems" funktioniert

1. April

Endlich ist der Moment gekommen. Ich bereite meine
Reise vor (d.h. ich bereite mich bereits schon seit längerer
Zeit, seit drei Jahren, vor!). Da ich nicht reich geboren bin
(mein Vater starb, als ich klein war, also erzog mich meine
Mutter alleine) musste ich hart arbeiten, um das nötige
Geld für die Ausbildung zum aM-Sphere-Piloten
zusammenzukriegen - der schulische Teil war zum Glück
kostenlos (dank des "Inergalaktischen Pakts"). Dafür war
der praktische um so kostenaufwendiger.

Jetzt ist die Zeit gekommen! Als Erstes werde ich zu einer
"Raumhafen-Basis" geflogen, in einer kleineren Version der
aM-Sphere. Die Basis befindet sich ca. 15 Kilometer
entfernt vom Planeten damit die vielen kleineren Spheren
nicht mit den intergalaktischen kollidieren. Die
Geschwindigkeit bis dorthin ist limitiert.

Die Spheren haben die Form einer Art riesiger Pillen. Sie sind also rohrförmig, damit sie bis zu 50 Personen (Passagiere und Besatzung) mitnehmen können, wogegen die kleineren absolut rund sind, damit sie schnell die Richtung ändern können, woher auch der Name "Sphere" (deutsch "Kugel") kommt. Es wird ein paar Tage (6-7) dauern, bis wir dort sein werden.

4. April

Nun, ich habe meiner Mutter versprochen, ich würde regelmässig in mein Tagebuch schreiben. So würden einst meine Kinder etwas mehr haben, als ich von meinem Vater. Glücklicherweise hatte er uns ein paar Aufnahmen hinterlassen, von den letzten eineinhalb Jahren bevor er in diesem schrecklichen Unfall in den Wasser-Minen vor rund zwanzig Jahren umkam.

Was für ein Gefühl, durchs All zu fliegen mit einer unglaublichen Geschwindigkeit!
Alle paar Stunden fliegen wir durch einen Impuls-Ring, um neuen Schwung zu erhalten. Dann müssen wir uns für ein paar Minuten in einem der Sitze anschnallen. Ansonsten können wir uns frei bewegen. Die Kabine ist unter Druck, weshalb wir nicht schweben, ohne diese schweren Schuhe tragen zu müssen.

Um uns zu stabilisieren, sind Düsen an der Sphere angebracht, welche mit Wasserstoff betrieben und auf der Erde aufgefüllt werden (natürlich gibt es genügend Vorrat an Bord). Ausserdem könnten wir im Notfall unsere Trinkwasser-Reserven anzapfen, oder aber auf dem Mars zwischenlanden.

Über was ich heute eigentlich schreiben wollte, ist das Mädchen, welches ich getroffen habe, man könnte sagen per Zufall; was mich betrifft, glaube ich nicht an Zufall. Wie auch immer, zurück zum Mädchen. Wir sassen nebeneinander während den letzten paar Mahlzeiten. Als ich sie zum ersten Mal sah, sass sie ein paar Sitze weiter weg. Ich fand sie niedlich, weshalb ich bei der nächsten Mahlzeit wartete, bis sie sich gesetzt hatte; dann setzte ich mich in den Sitz neben ihr…

Seite neun

6. April

Anscheinend hat ihre Familie die Erde erst verlassen, als
sie 14 Jahre alt war. Sie hatte am Lake Michigan gelebt, wo
ihr Vater eine Fischerei betrieben hatte. Wegen des
Klimawandels hatten viele Menschen die Erde verlassen,
was wiederum gut für die Fischerei war, da es praktisch
kein Überfischen mehr gab, und so konnten sich der
Fischbestand etwas erholen. Dennoch entschied sich ihr
Vater aber, die Fischerei zu verkaufen und die Erde zu
verlassen. Er war überzeugt, dass seine Tochter auf
Gobeithio eine bessere Zukunft haben würde, da so viele
Lehrer dorthin gezogen waren.

Da ihre Grosseltern immer noch auf der Erde wohnten und
sie noch andere Verwandte und Freunde aus ihrer Kindheit
dort hatte, entschied sie sich, diese besuchen zu gehen.

7. April

Wir machen uns zur Landung bereit! Wie aufregend!

In der Zeitzone in der wir landen werden, wird es sieben
Uhr sein. Gerade rechtzeitig für meinen ersten
Sonnenaufgang auf der Erde!

Michelle, das Mädchen, welches ich getroffen und in den
letzten paar Tage ziemlich gut kennengelernt hatte, und ich,
haben uns versprochen, in Kontakt zu bleiben. Einmal auf
der Erde, wird sie Houston (wo wir landen werden)
verlassen. Von dort aus wird sie "nach Hause" (Milwaukee)
reisen, um dort Familie und Freunde zu besuchen. Sie
sagte mir, dass sie schon immer einmal die Schweiz
besuchen wollte, also könnte sie vielleicht eine Reise
dorthin machen, wo wir uns dann treffen könnten. Wir
entscheiden uns über unsere Funkuhren in Kontakt zu
bleiben.

Seite elf

8. April

Nach der Landung in Houston, musste ich meinen Flug
nach London erwischen, wo ich einen Aufenthalt von sechs
Stunden hatte. Dort besuchte ich die berühmte "Tower
Bridge", welche ich toll finde, wegen ihrer Architektur und
Funktionalität. Auch den "Big Ben" und den "Buckingham
Palace" (letzteren allerdings nur von aussen, da ich nicht
mehr Zeit hatte) habe ich besucht. Die Wachen (heute nur
noch Hologramme) schauten lustig aus mit ihren langen,
wuscheligen Hüten, obwohl ich dabei an die
Schweizergarde beim Vatikan denken musste, mit ihrer
pyjamaartigen Uniform (mein Vater hatte mir einmal ein Bild
gezeigt).

Leider hatte ich keine Zeit für anderes. Aber eine Portion
"Fish&Chips" von dem mein Vater gesprochen hatte,
gönnte ich mir doch.

Heute Nacht werde ich in Paris übernachten, bevor ich den
"Inter-Monorail" nach Genf nehmen werde.

Seite zwölf

Seite dreizehn

Seite vierzehn

9. April

Nun sitze ich im Monorail nach Genf und bin mit über 600km/h unterwegs. Eine fantastische Geschwindigkeit, wenn man bedenkt, dass sie im 21. Jahrhundert gebaut wurde!

Mein Vater hatte mir einmal gesagt, dass seine beliebteste Aussicht auf Paris, von "La Defense" aus zu sehen war. Also ging ich, mit der noch älteren, aber immer noch funktionierenden, "Metro" weiter. Ich konnte den "Grande-Arche" leider nicht besuchen, da er geschlossen war. Hingegen liess ich jemanden neben dem "Thump of Caesar" ein Foto von mir machen. Dann ging ich zurück zur Metro-Station. Und tatsächlich, was für ein Ausblick auf Paris, kurz bevor man zur Station hinunter geht! Ich konnte u.a. den Eiffelturm sehen und musste einfach auf diesen Turm.

Als stolzer Schweizer hatte mir mein Vater von Maurice Koechlin erzählt, welcher ein schweizer Ingenieur war, und Teil von Eiffels Team, welches den Turm gebaut hat. Ganz oben gibt es ein kleines Museum, in welchem man Wachsfiguren sehen kann, die Gustave Eiffel und seine Tochter Claire darstellen, wie sie Thomas Edison, als Investor, in Eiffels restauriertem Bureau willkommen heissen.

"Die Zeit vergeht im Fluge…" wie meine Grossmutter zu sagen pflegte. In einer Stunde sind wir in Genf. Dort werden mich meine Gastgebereltern abholen kommen.

Seite siebzehn

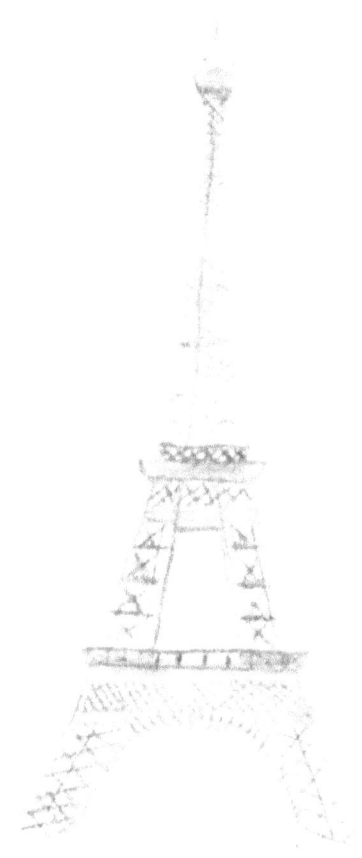

Seite achtzehn

Seite neunzehn

10. April

Nachdem mich meine Gastgereltern abgeholt hatten, luden sie mich in ein Restaurant in der Nähe des "Jet d'eaus", des Springbrunnens ein. Der Brunnen (1891 erbaut) schiesst Wasser ungefähr 140m in die Höhe!

Danach brachten sie mich zu ihrem Haus. Ich erinnere mich ins Bett gegangen zu sein. Ich musste wirklich müde gewesen sein, da ich erst am nächsten Morgen um sechs wieder aufwachte.

Das wichtigste kommt immer zuerst. Nach einem Frühstück musste ich einfach das CERN besuchen gehen! Was für ein interessanter Ort (wenn man an Partikelbeschleunigung interessiert ist, wie ich)!

Das CERN hat seinen Ursprung in einem Projekt von elf europäischen Ländern. Der Hauptteil der Anlage befindet sich in Meyrin in der Schweiz, wobei der unterirdische Ring sich hauptsächlich unter französischem Boden befindet. Heutzutage ist es ein globales Forschungsinstitut.

Es gibt dort einen riesigen Campus. Die meist gesprochenen Sprachen im Unterricht waren Französisch und Englisch. Da aber Englisch die universell am weitesten verbreitete Sprache ist, gibt es überall Englischkurse verschiedener Stufen. Die Atmosphäre ist grossartig. Es gibt etliche Kulturen nahe bei einander. Im Gegensatz zu meinem Heimatplaneten gibt es hier viele Orte, sei es in Restaurants oder Küchen, wo Gruppen einer Kultur zusammen kochen, was es möglich macht, viele verschiede Gerichte probieren zu können. Etwas was ich sehr schätze.

Seite zweiundzwanzig

12.April

Michelle, das Mädchen welches ich auf meiner Reise zur Erde getroffen hatte, hat mich über die Funkuhr kontaktiert. Sie sagte, sie könne leider nicht rüber kommen. Es gab einfach nicht genügend Zeit für alles. Doch werde sie auf dem Rückflug am 4. Mai sein. Mit einem Augenzwinkern sagte sie, es würde ihr nichts ausmachen, wenn ich etwas Schweizer Schokolade mitbringen würde. Ich versprach es ihr, und bat sie wiederum nach etwas Aahornsirup. Sie sagte mir, sie bringe etwas von ihrer Tante, welche ihn selbst herstellt. Ihre Tante lebe bei Toronto; ich müsse Ontario mal besuchen; im Herbst seien die Wälder so wunderschön!

Meine Mutter braucht den Sirup, wenn sie ihn kriegen kann, an Stelle von Honig, da Honig seit dem Massensterben der Bienen wegen des Klimawandels auf der Erde schwer zu kriegen ist.

15. April

Gestern ging ich ans WWF (World Web Forum). Es begann 1998 mit einer kleinen Gruppe. Heute zieht es tausende aus aller Welt an. Ausserdem dauert es nun zwei Wochen statt nur ein paar Tage. Dieses Jahr wird diskutiert, wie man die "Impulsringe" optimieren könnte. Das Ziel wäre es, die Beschleunigungskraft zu reduzieren, damit auch ältere Leute, sowie Kleinkinder transportiert werden könnten, ohne durch das harte Training gehen zu müssen. Eine weitere Lösung bestünde natürlich darin, mehr Ringe ins All zu senden, damit die Intervalle kürzer werden.

Momentan müssen alle, die die aM-Spheren nicht benutzen können, mit Raumschiffen reisen, welche auf Mars zwischenlanden müssen, um aufzutanken. Wegen der Länge der Reise treten sie viele nicht an oder sie müssen sie verschieben.

Seite vierundzwanzig

16. April

Im Tesla herum zu fahren ist echt toll! Meine Gastgebereltern lassen mich ihn benutzen, solange ich ihn danach an den Strom anschliesse. Sie vertrauen mir in jeglicher Hinsicht. Sie haben mir sogar einen Fingerabdruck-Zugang zum Haus gegeben. Es gibt wenige und sehr vernünftige Regeln. Ich darf z.B. nicht in ihr Schlafzimmer, auch wenn sie nicht hier sind und dergleichen. Andererseits darf ich das Whirlpool jederzeit gebrauchen, sowie die Sauna und den Billardtisch. Es gibt auch ein Heimkino, wovon ich oft Gebrauch mache. Sie sind nicht oft zuhause. Meistens weg aus geschäftlichen Gründen, wie sie sagen.

19. April

WOW…!!! Ich denke das beschreibt die letzten paar Tage
ziemlich gut.

Also, zwei Tage nach meinem Besuch am Webforum, ich
war gerade am Billard Spielen, da kamen die wirklichen
Hausbesitzer nach hause. Natürlich wusste ich dann noch
nicht, wer sie waren. Als sie mich sahen, wollten sie als
Erstes wissen, wie ich ins Haus gekommen sei. Nachdem
ich meine Verwunderung zum Ausdruck gebracht und
versucht hatte, sie zu beruhigen, hörte ich, wie draussen
ein Auto reifenquietschend davonfuhr. Schnell wollte ich
ans Telefon, doch der Hausbesitzer, ein kräftiger Mann,
hielt mich am Arm zurück. Ich sagte ihm, dass das Auto
wohl den "falschen Gastgebereltern" gehörte und dass er
die Polizei alarmieren solle. Er informierte mich darüber,
dass die Polizei schon alarmiert sei…

20. April

Die Polizei vernahm mich während 1 1/2 Stunden. Sie meinten, dass meine Geschichte glaubwürdig sei, sagten aber, dass ich noch mit ihnen aufs Revier müsse fürs Protokoll, welches sie am nächsten Morgen aufnehmen würden. Das hiess, ich würde eine Nacht auf dem Revier verbringen müssen. Dies entsprach nicht nach meinem Plan, da ich am nächsten Tag den Monorail um 8.30 Uhr nach Genua erwischen musste! Ich musste schnell denken und rasch handeln. Also fragte ich, ob ich noch kurz zur Toilette könne. Sie sagten, dies gehe in Ordnung. Was sie nicht wussten, ist, dass ich schon am Vorabend meine Tasche gepackt hatte. Auf dem Weg zur Toilette nahm ich meine Tasche und meine Jacke. Glücklicherweise befand sich die Toilette um die Ecke, weshalb sie nicht bemerkten, dass ich die Tür gegenüber nahm, welche zur Garage führte.
Nun hiess es: schnell zu sein!
Was ist auch noch schnell? Der 2019 Bullitt, Special Edition.

Bei uns auf Gobeithio haben wir nur kleine Fahrzeuge, welche nicht schneller als 65 km/h fahren können; auch weil es dort kaum Strassen hat, und wenn überhaupt, dann sind es Kiesstrassen.

Seite neunundzwanzig

21. April

Nachdem ich den Tesla das letzte Mal geparkt hatte, hatte ich auf dem Bildschirm die Worte "aufladen nicht möglich" gesehen (weshalb ich mich für den Roadster entschied; ich hatte es meinen Gastgebereltern sagen wollen, aber da sich die Umstände nun verändert hatten…

Ich hoffte, dass der Roadster anspringen würde, da er einige Tage rumgestanden war. Mein Gastgebervater hatte mich einmal auf eine Spritztour mitgenommen, also wusste ich, dass er zumindest fahrtauglich war. Nun ging es darum, es unbemerkt auf die Strasse zu schaffen. Als Erstes stellte ich den Alarm aus (zum Glück erinnerte ich mich an den Code seit der Spritztour). Dann stellte ich meine Tasche mit der Jacke auf den Beifahrersitz. Ich liess die Tür auf der Fahrerseite weit offen und betätigte den Schalter, welcher das Garagentor öffnet. Dann rannte ich zum Auto.

Seite dreissig

Jawohl! Es sprang beim ersten
Mal gleich an! Schon wieder Glück gehabt; das Tor zur
Einfahrt war noch offen. Erst fuhr ich langsam aus der
Garage, und schaute zum Haus. Sie hatten mich bemerkt
und betätigten den Schalter, welcher das Tor bei der
Einfahrt schliesst. Ich raste hinaus auf die Strasse, das
Heck berührte noch das Tor, doch ich hatte es raus
geschafft…

23. April

Ich erahnte die Polizei hinter mir; nicht nur in der Schweiz würden sie hinter mir her sein, sondern in den Nachbarländern bestimmt auch. Ich fragte mich, wie schnell alle alarmiert sein würden und wie ich auf meiner Flucht vorgehen sollte? Nur gut, dass niemand von meinem Plan wusste, in Genua auf ein Kreuzfahrtschiff zu gehen, welches mich nach New York bringen würde. (Ich dachte bei meiner Reiseplanung, dies sei eine einmalige Gelegenheit, da es zuhause nur Untergrundbäche gibt).

Da ich nun in Genf schon eine Weile herumgefahren war, kannte ich Nebenstrassen, die mich zur Grenze führen würden. Die Schwierigkeit lag darin, über die Grenze nach Frankreich, beziehungsweise später nach Italien zu gelangen, ohne entdeckt zu werden; ganz besonders in diesem Wagen. Was tun?

Es war dunkel; sollte ich mein Glück versuchen, und die Dunkelheit der Nacht nutzen, um hinunter zum Hafen zu fahren? Sicher war mein Gesicht auf allen Monitoren bei der Monorail-Station zu sehen. Ich entschied mich, zu fahren. Ich musste mich nicht beeilen, den mein Schiff würde den Hafen erst am Mittag verlassen.

24. April

Ich schaffte es nach Frankreich; dies hiess wohl, dass sie dort noch nicht alarmiert waren, denn der Wachtposten war für die Nacht geschlossen. Dann fuhr ich südlich Richtung Italien. Ich konnte mich unbemerkt durchschleichen, denn die Polizei hatte zusammen mit den Grenzwachen einen Minivan angehalten, kurz vor meiner Ankunft. Nun war ich auf dem Weg nach Genua.

Inzwischen war ich hungrig, durstig und natürlich schläfrig. Also entschloss ich mich, bei der nächsten Raststätte Halt zu machen. An einem Automaten lies ich etwas Beef-Jerky und etwas Aloe-Saft raus und füllte den Tank. Nun machte ich ein Nickerchen für ungefähr eineinhalb Stunden. Dann entschied ich, dass mein nächster Halt Genua sein musste.

25. April

Es war früh morgens. Genua war schon der nächste Stop, aber nicht der Hafen. Bevor ich in die Stadt fahren konnte, wurde ich von der Polizei angehalten. Der Wagen kam ihnen verdächtig vor. Ich solle ihnen folgen; dies tat ich auch. Während dem sie im Büro waren, um zu sehen, ob das Auto gestohlen sei, liessen sie mich im Eingang warten. Dort gab es einen Bildschirm, auf dem man die Nachrichten sehen konnte. Ich konnte nichts verstehen, aber ich erkannte ein Bild von mir, welches von der Überwachungskamera des Hauses stammen musste, in dem ich gewohnt hatte. Es war undeutlich, und von der Seite, doch das Bild daneben zeigte eindeutig das Auto, das ich fuhr.

Ich schlich mich aus dem Polizeiposten und sah das Mittelmeer. Was für ein Anblick!

Leider konnte ich die Sicht nicht geniessen. Aber nun wusste ich, in welche Richtung ich laufen musste. Es war noch ein ganzes Stück hinunter zum Hafen, und die Polizei war bestimmt hinter mir her. Da sie mir den Autoschlüssel abgenommen hatten, war ich nun zu Fuss unterwegs. Erst lief ich eine Weile die Strasse hinunter (mein Training, welches ich erst vor wenigen Wochen beendet hatte, kam mir jetzt zugute). Dann ging ich im Laufschritt, damit ich nicht total ausser Atem beim Schiff ankommen würde. Unten am Hafen musste ich über einen Plankensteg gehen, um zum Dock zu gelangen (der Wasserspiegel war durch den Klimawandel gestiegen). Ich ging aufs Schiff, in meine Kabine, und wartete dort, bis wir den Hafen verlassen hatten. Ich hatte es geschafft! (Bis hierher…)

26. April

Nun bin ich also auf dem Schiff, welches mich nach New York City bringt! Wir fahren gleich bei Gibraltar durch. Wir hatten auf dem Weg hierher ein paar Mal angehalten (Nizza, Marseille, Montpellier, Barcelona und Palma). Nach dem Stop in Algiers (wo wir einige Passagiere mitnehmen) halten wir noch in Tangier, bevor wir den Atlantik überqueren.

Wie ich so den grossen blauen Ozean anschaue, muss ich an Michelle denken. Da gibt es enorm viel Wasser zwischen uns. Ich habe sie nicht mehr kontaktiert, weil ich befürchtete, dass die Polizei so eine Spur haben könnte. Trotzdem versuche ich ich meine Reise zu geniessen. So freudiger Natur wie Michelle war, würde sie dies bestimmt auch tun.

27. April

Ich habe einen bestimmten Trevor Jones etwas näher kennengelernt. Er besitzt ein aM-Sphere-Taxi in New York. Seit einem Unfall in seiner Jugend (er sei ein ziemlich guter Footballspieler gewesen; während eines Spiels, hat ihn ein gegnerischer Spieler schwer gefoult…), musste er in einem Rollstuhl sein. Ich half ihm aus dem Rollstuhl, um an den Tisch zu sitzen (leider sind die Tische zu hoch, um im Rollstuhl daran zu sitzen). Er kann gut ohne Hilfe aufrecht sitzen. Einmal zurück in New York, würde er eine neue Hüfte erhalten; vielleicht sogar ein robotisches Bein, falls die Hüfte nicht genügen wird. Da das Bein so einiges kostet, hofft er, dass die Hüfte reichen wird.
Er sagte, er würde mich irgendwohin fahren, wenn ich wollte (er witzelte damit, dass er keine Beine brauche, nur seine Arme…), um sich bei mir für meine Hilfe während der letzten paar Tage zu revanchieren.

28. April

Trevor und ich verbringen viel Zeit damit, Schach zu spielen, und uns dabei zu unterhalten. Er ist auf dem Weg zurück von einem Besuch bei Verwandten. Ich vernahm, dass er schon eine Weile auf seine Hüfte wartete, und dass es vier Tage nach unserer Ankunft endlich so weit sei.

Wir waren gerade mit einer Partie Schach fertig, und auf dem Weg zum Esstisch, als wir durch die Lautsprecher den Kapitän hörten, wie er uns über einen Sturm vor uns informierte und darüber, dass wir verlangsamen würden, um den Sturm vorüberziehen zu lassen. Deshalb würden wir zwei Tage später in New York ankommen. Ich musste irritiert ausgehen haben, denn Trevor sagte zu mir: "Mein Leben hat mich gelehrt, dass, wenn etwas so aussieht wie eine Strafe von Gott, es oft ein versteckter Segen sei…"

29.April

Wegen dem Sturm werde ich den Flug nach Houston verpassen. Ich sagte Trevor, ich müsse unbedingt meinen Heimflug erwischen, da ich nicht genügend Geld hätte für ein weiteres Ticket. Ausserdem würde es Monate dauern, bis auf einem anderen Flug wieder ein Sitz frei werden würde.

Trevor war so freundlich, und kontaktierte seinen Neffen, der eine Rinderfarm in Texas hat. Seine Familie hatte über Generationen eine Shrimpzucht geführt, doch sein Urgrossvater hatte sich entschieden, in Rinder zu investieren er sollte Recht behalten, denn die Gewässer wurden immer wärmer, was wiederum die Shrimpzucht schwierig machte. Trevor berichtete ihm von meiner Situation und wie ich ihm an Bord des Schiffes geholfen hatte. Sein Neffe meinte, er werde geschäftlich in New Jersey (dem "Garden State", wie er ihn nannte) sein. Er wäre mit seinem Laster dort und würde mich mitnehmen, aber wir müssten ihn in Newark treffen.

Seite vierzig

30. April

Morgen treffen wir endlich in New York ein. Trevor bringt mich noch noch am selben Tag nach Newark. Eigentlich schade, denn das heisst, dass ich weder die Freiheitsstatue besichtigen, noch einen Spaziergang durch den Central Park machen, noch sonst etwas in dieser grossartigen Stadt besuchen kann. Stattdessen werde ich hoffentlich anderes zu sehen bekommen, wovon mir meine Grosseltern erzählt hatten; zumindest beim Durchfahren. Orte wie Nashville in Tennessee zum Beispiel. Dies wird davon abhängen, welche Route Trevors Neffe nehmen wird.

Ja, meine Grosseltern, wie altmodisch sie auch schienen, für die Zukunft planten sie immer voraus. Es war hauptsächlich dank ihnen, dass ich mir diese Reise überhaupt leisten konnte. Sie investierten in die aM-Sphere, die damals noch ein Projekt war. Die Sphere wurde getestet und weil sie Investoren waren, durften sie bei einem Testflug dabei sein. Tragischerweise endete dieser Testflug für sie tödlich…
Seite einundvierzig

Auch wenn dies ein tragisches Ereignis war, zeigte es, wie sie immer vorausschauend handelten. Sie hatten ihr Testament schon geschrieben und da meine Mutter ein Einzelkind war, ging das ganze Erbe an sie; das Meiste davon kam von der Investition in dieses Projekt. Dies finanzierte uns den "Umzug" nach Gobeithio (verständlicherweise musste mein Vater einiges an Überzeugungsarbeit leisten, um meine Mutter dazu zu bringen). Etwas vom Vermögen meiner Grosseltern gelangte zu mir und dies benutze, ich um meine Reise zu finanzieren. Also, danke Grossmutter und Grossvater! Bestimmt war ihr Unfall ein versteckter Segen…

Seite dreiundvierzig

5. Mai

Was für ein paar verrückte Tage habe ich hinter mir! Und ja, ich habe meinen Heimflug erwischt!

Aber nun erstmal zu dem, was ich erlebet habe: Als wir in New York angekommen sind, konnte ich im Eiltempo durch die Passkontrolle gehen. Trevor täuschte einen Notfall vor: "… brauche meinen Pfleger mit mir…" keuchte er. In der Annahme, ich sei der Pfleger, wurden wir durchgelassen; er keuchte weiter: "…Lennox Hill…", worauf wir mit der Ambulanz in dieses Spital gebracht wurden. Urplötzlich war sein Schmerz wieder weg ;-).

Nach einer kurzen Unterhaltung mit einem Arzt, der ihn von früheren Besuchen her kannte, waren wir schnell wieder draussen.

Vom Spital aus war es nicht weit bis zu seiner Wohnung, wo er hingezogen war, um in der Nähe des Spitals zu sein. Wir brachten sein Gepäck rauf in seine Wohnung. Bevor wir aber sein Taxi aus der Garage holten, assen wir Hotdogs, an einem Stand um die Ecke. "Wir können New York City nicht verlassen, ohne einen "New York-Style"-Hotdog verdrückt zu haben", meinte er. Also bestellte ich einen mit Sauerkraut. Interessant, aber gut. Dann gingen wir zum Taxi und machten uns auf in Richtung Newark…

Seite sechsundvierzig

6. Mai

Als wir seinen Neffen trafen, stellte Trevor mich vor, worauf
jener sagte: "Nenne mich einfach Mike." Ich verabschiedete
mich von Trevor und wünschte ihm alles Gute mit seiner
"neuen Hüfte". Er wünschte mir eine sichere Reise. Mit
einem Augenzwinkern meinte er, ich solle in Kontakt
bleiben (was vielleicht bald möglich sein wird, dachte ich,
da eine Kommunikationsmöglichkeit über die Impulsringe in
Planung war). Hoffentlich schmeckt ihm die Tafel
Schokolade, welche ich auf dem Beifahrersitz gelassen
habe.
Mike und ich fuhren noch am selben Abend weiter (immer
noch der erste Mai). Wir unterhielten uns ein wenig und
entschieden, bei der nächsten Raststätte Halt zu machen,
um zu übernachten, da wir beide müde waren. Mike sagte
mir, ich solle in der Kabine schlafen, doch ich insistierte
darauf, auf den Sitzen zu schlafen; eine Entscheidung,
welche ich am Morgen bedauerte.

7. Mai

Am nächsten Tag fuhren wir bis Nashville. Da wir unterwegs genügend Zeit hatten, lernten wir uns ein wenig besser kennen.

In Nashville assen wir in einem "Meat and Three"-Lokal. Meine Mutter meinte, ich solle einen Burrito für sie essen. Es war mal etwas anderes; ich mag "anders".

Danach übernachteten wir wieder im Truck. (Ich nahm diesmal das Angebot, in der Kabine schlafen zu dürfen, gerne an…)

8. Mai

Am nächsten Tag fuhren wir los; Richtung Dallas. Mike sagte mir, er lebe südwestlich von Dallas und dass er am Abend, respektive am nächsten Morgen früh dort sein müsse. Er würde mich zu eine aM-Sphere-Station bringen, sagte er mit einem Zwinkern, wo ich einen "Shuttle" nehmen könne. Inzwischen hatte ich begriffen, dass er von neuen Technologien nicht viel hielt. Ironischerweise profitierte er selbst davon, da er kaum noch selbst etwas machen musste, sobald wir auf dem Highway waren und sein Laster praktisch von selbst fuhr.

Wir hatten Dallas schon fast umfahren, als uns der Sheriff anhielt. Mike ging raus. Ich fing an zu schwitzen. Der Sheriff zeigte auf mich. Mike zuckte die Schultern und sie verschwanden neben dem Truck…

Seite fünfzig

9. Mai

Es schien mir eine Ewigkeit, bis sie den Rundgang
gemacht hatten und Mike wieder einstieg. Er sagte mir,
dass er den Sheriff kenne, und ihm gesagt hatte, ich sei ein
Freund der Familie. Wie froh ich war, als wir wieder auf
dem Highway waren.

Als wir bei der Station ankamen, war die letzte Sphere
schon weg. Mein Flug ging erst um 14.00 Uhr am nächsten
Tag, doch musste ich um zwölf einchecken. Ich fragte am
Schalter, wann der nächste Shuttle die Station verlassen
würde, und wann er in Houston ankommen würde. Mir
wurde gesagt: Abfahrt 6.00 Uhr, Ankunft 6.45 Uhr.

Mike hat einen Freund, welcher als Hauswart dort arbeitet. Mit ihm machten wir ab, dass ich im Pausenraum übernachten könne. Ich verabschiedete mich von Mike und gab ihm eine Tafel Schokolade (das war wohl das Mindeste) als Dankeschön. Seinem Freund gab ich auch eine. Dann machte ich mir ein *Bett* aus Handtuch-Stoffrollen welche in Plastik verpackt waren. Dann machte ich es mir so bequem wie möglich und schlief bis um 4.45 Uhr. Ich hatte den Wecker gestellt, damit ich alles aufgeräumt hätte, bevor der erste Hauswart am Morgen seinen Dienst antrat. Kurz bevor *sie* kam, hatte ich alles weggeräumt, und wartete, bis sie die öffentliche Toilette geöffnet hatte. Sogleich ging ich hinein, wusch mir das Gesicht, benutzte die Toilette und ging danach zum Schalter, um ein Ticket zu kaufen. Leider war der Shuttle voll, doch ich konnte jenen nehmen, welcher um 8.00 Uhr die Station verliess.

10. Mai

Der Rest der Reise (bis hierher; morgen sollten wir auf
Gobeithio landen) verlief glimpflich. Nachdem ich mit dem
Shuttle in Houston angekommen war, hatte ich sofort
eingecheckt. Dann begann das Warten. Würde sie
kommen? Um 13.30 Uhr hörte ich über die Lautsprecher:
"Michelle Jones, bitte melden Sie sich beim Check-in…".
13.45 Uhr: "Letzter Aufruf…" Wo war sie nur? Hatte sie
sich etwa für den nächsten Flug entscheiden? Um 13.50
Uhr ging die Haupttüre zu. In dem Moment sah ich sie in
Richtung Sphere laufen, die Hände über dem Kopf
winkend. Ich stand auf, ging zum nächsten
Besatzungsmitglied und zeigte ihm Michelle durch die
Glaswand. Sie liessen sie herein. Sie war erschöpft.
Nachdem die Crew ihre e-Papiere angeschaut hatte, ging
ich zu ihr.

Als erstes kniff sie mich in den Arm, dann gab sie mir eine Umarmung. Nach einer langen Umarmung fragte ich sie, wieso sie mich gekniffen hatte, worauf sie mich fragte, wieso ich ihre Nachrichten nicht beantwortet hatte. Ich nahm einfach die Pralinenschachtel aus meinem Rucksack, gab sie ihr und sagte, ein paar seien wahrscheinlich etwas zerdrückt. Sie grinste. Wir setzten uns hin und ich erzählte ihr, was mir alles passiert war. Ich kann mich nicht daran erinnern, dass ich meinen Arm um ihre Schultern legte, aber anscheinend mussten wir so eingeschlafen sein…

11. Mai

In ein paar Stunden werden wir auf unserem Heimplaneten landen…

Nachdem ich mit meiner Erzählung zu Ende gekommen war, war es nun an ihr, mir zu erzählen, was sie auf der Erde so alles gemacht hatte, und wieso sie den Flug fast verpasst hätte. Ich werde es nicht niederschreiben, da sie eine Sprachaufzeichnung über all ihre Erlebnisse macht.

Nur eines stach heraus, was ich erwähnen möchte, nämlich dass sie eine Aufzeichnung einer ihrer Vorfahren gefunden hatte, wodurch sie herausfand, dass dessen Grossmutter von 'den Weissen' (wie so viele Sklaven dazumal) nach Amerika gebracht wurde, und zwar aus Afrika…

Seite fünfundfünfzig

Chris Brunner ist ein junger Mann (Anfang zwanzig) welcher auf dem Planeten xj-262 geboren wurde. Er entscheidet sich, das harte Training über sich ergehen zu lassen, welches ihm ermöglicht, per aM-Sphere zur Erde, dem Heimatplaneten seiner Eltern, zu reisen. Auf dem Flug lernt er eine junge Frau namens Michelle kennen. Sie finden heraus, dass sie denselben Rückflug gebucht haben und entscheiden sich, in Kontakt zu bleiben; doch nicht alles läuft nach Plan…

Kommentar des Autors:

Dies ist eine erfundene Geschichte. Auch wenn gewisse Ereignisse auf Tatsachen beruhen, sind die meisten Personen und Handlungen rein fiktiv.

English version available

Herstellung und Verlag:
BoD - Books on Demand, Norderstedt
ISBN 978-3-7504-6078-2